내 안의
자연인을
깨우는 법

내 안의 자연인을 깨우는 법

어른들을 위한 숲놀이 책

글/그림 황경택

가지
KINDS BOOK

숲에서 놀지도 못하고
어른이 되어버린 당신에게.

책을 내며

날이 좋으면 밖으로 나가 꽃 사진을 찍고 나비를 관찰하고 나무 이름을 조사하는 것을 특별히 자연에 관심 있는 사람만 하는 일이라고 생각하는 경우가 많다. 그리고 자신은 자연과 무관한 사람 혹은 생태맹이라 말하며 별 불편 없이 살아가는 사람들도 있다.

우리는 어려운 인문학을 논하고 인공지능을 말하고 창의력에 대해 떠들어대며 바삐 변하는 세상에서 뒤떨어지지 않기 위해 노력한다. 그런데 급변하는 세상에서 조금 뒤떨어지면 안 되는 걸까? 성공 같은 거 생각 않고 살아가면 안 되는 걸까?

경쟁도 자연의 이치이고 경쟁하려 들지 않는 마음도 자연의 이치다. 우리는 자연이라는 거대한 세계에서 몇 가지 자기만의 선택 기준을 갖고 살아갈 뿐 그 틀에서 벗어나기는 어렵다. 우리 자신이 바로 자연의 일부이기 때문이다.

그렇다면 자연이란 무엇인가?

새삼 궁금해진다면, 밖에서 찾기보다 내 안에서 찾기를 시도해보자. 우선 내 몸을 가만히 자연 속으로 데리고 들어간다. 내 자신이 자연과 어떤 면에서 닮았는지, 어떤 행동을 하면 잊고 있던 자연인 감각이 되살아나는지 느껴본다. 숲속에 가만히 서 있기만 해도 좋다. 그러다 무언가 느껴지고 서서히 알게 될 것이다.

내가 얼마나 자연과 떼려야 뗄 수 없는 관계에 있는지, 내 몸이 자연을 감각할 때 얼마나 평화로움을 느끼는지, 그리고 내가 어떻게 하면 자연 속에서 더 즐겁게 지낼 수 있는지도 알아두면 좋지 않을까? 그 방법을 단계별로 정리해 이 책에 담았다. 자연을 잘 몰랐던 누구라도 읽고 쉽게 따라할 수 있는 '숲속에서 내 몸 사용설명서' 같은 책이라고 보면 좋겠다.

내 안의 자연인을 깨우는 법

어른들을 위한 숲놀이 책

숲에서 I

나무와 친해지기

숲에서 II

숲속 친구들 찾기

숲에서 III

숲에서 놀기

숲에서 IV

숲 탐구생활

숲에 가기 전에

내 안의 자연인 발견하기

내가 정말로 자연과 하나인지,
자연의 일부인지 알 수 있는 방법은 무엇일까?
복잡하지 않고 어렵지도 않다.
숲에 가기 전에, 아주 간단한 방법들로
내가 자연인임을 느껴보자.

한 끼 굶기

한 끼를 굶으면 배가 고프다.
이것도 자연의 이치.
한 끼를 굶으며 내 몸이 얼마나 자연의 이치에 맞게 굴러가는지 느껴본다. 배가 고프면 뭔가 먹고 싶어진다. 먹어야 즐겁기 때문이다. 그래서 노동력이 필요한 곳엔 어김없이 먹는 즐거움이 기다리고 있다. 그래야 노동을 하기 때문이다. 그래야 살기 때문이다. 모든 생명이 그렇다.

숨 참기

1분도 안 돼 답답함을 느낄 것이다. 인간은 숨을 쉬지 않고는 살 수 없다. 지구상에 산소가 생긴 이후에 출현한 생명체이기 때문이다. 우리 몸을 이루는 대략 60조 개의 세포는 모두 그런 질서에 의해 만들어졌다.
잠시 숨 참기.
이런 작은 행위로도 내가 자연의 일부임을 느낄 수 있다.

002

걷기

그냥 걸어본다.
건강한 사람들은 별 노력 없이 걸을 수 있다. 그런데 한 쪽 발을 삐기만 해도 걷기가 얼마나 불편해지던가. 요즘 인공지능 로봇 시장이 활기를 띠는데 아직도 잘 구현하지 못하는 것이 걷기 동작이라고 한다. 로봇이 인간처럼 자연스럽게 걷기 위해서는 수많은 부품과 프로그램이 필요하며, 이미 수십 년째 최첨단 기술을 투입해 개발 중이지만 만족할 만한 성과를 내지 못하고 있다. 우리는 태어나 두 살만 되어도 걸음걸이가 완벽해지는데 말이다.
생각해보면 얼마나 신비하고 놀라운 일인가!
우리는 존재 그 자체로 완벽한 자연이고 우주다.

100미터 달리기

현대인은 달릴 기회가 잘 없다. 집 근처 공원이나 학교 운동장에 가서 어릴 때처럼 힘껏 달려보자. 예전 같지 않음을 느낄 것이다. 그리고 심장이 미치도록 빨리 뛸 것이다. 심장이 뛰는 건 달릴 때 온몸의 근육이 에너지를 사용했기 때문에 산소가 담긴 혈액을 빨리 보내주기 위해서다.

내가 움직이면 몸 안의 기관들도 같이 움직인다. 가만히 앉아 있기보다 뭔가 행동을 하면 내가 살아 있음을 더 잘 느낄 수 있다. 우리 몸의 이런 생명 유지 시스템은 오랜 시간 자연에 적응하고 진화해온 결과이자 증거다.

004

제자리에서 점프하기

제자리에서 풀쩍 뛰어보자.

만약 지구에 중력이 없다면 한참 위로 올라갈 것이다. 하지만 중력 때문에 우리는 겨우 수십 센티미터만 올라갔다가 곧바로 바닥에 떨어진다. 우리 몸무게에 중력이 더해져 발바닥과 무릎에도 충격이 온다.

바닥에 떨어질 때의 충격, 그것이 바로 중력이다. 그리고 바로 이때, 우리는 지구의 힘을 느낀다. 세상의 모든 날아가는 것들은 중력을 거스른다. 그러기 위해서 날개를 달고, 솜털을 달고, 추진 장치를 단다. 지구 밖으로 날아가는 로켓은 도대체 얼마나 추진력이 강해야 할까?

가만히 내 안 들여다보기

아무리 좋은 책도 생각 없이 읽으면 내 안으로 들어오지 않고, 한 번 들어온 것도 실천하지 않으면 내 것이 아니다.

중요한 것은 '생각'이다. 어떻게 생각하느냐에 따라 나는 움직인다. 내 몸과 마음이 진정 원하는 게 무엇인지, 어떤 상황에서 평화롭고 행복한 감정을 느끼는지, 가만히 나 자신을 들여다봐야 한다. 관념을 벗고 자신의 내면을 들여다봐야 한다.

본능의 초기화.

그것이 내 안의 자연인 감각을 깨우는 한 방법이다.

숲에 들어서며

숲을 잘 감각하기 위한 준비운동

집에서 가까운 숲으로 나가보자.
너무 멀리, 너무 높은, 너무 깊은 산이 아니어도 된다.
동네 뒷산이면 충분하다.
도심에서 조금 벗어난 가까운 숲에서
오감으로 자연을 느껴보자.

큰 숨 쉬기

숲 근처에만 가도 공기가 달라진다. 내가 살던 곳과 어떻게 다른지, 숨을 천천히 깊게 들이쉬며 느껴보자.
지구에서 한번 생성된 산소는 절대 사라지지 않는다고 한다(산소는 분자 형태로 존재하고 그 양은 달라지지만 원자 형태는 그대로 유지된다). 나무가 만들어낸 산소를 내가 마시고, 숨을 뱉을 때 그 일부가 밖으로 나온다. 그것을 다시 다른 사람이 마시거나 나무가 마시기도 한다. 과거 소크라테스가 내쉰 숨도 지구를 돌고 돌다가 방금 내가 마신 숨 속에 일부 들어갔을지 모른다.

혼자 걷기

여행은 나 자신을 만나는 행위다. 혼자 걷기도 비슷하다. 조용히 말없이 숲길을 걸으며 자연을 만나는데, 가만 보면 그 자연이 결국 나다.

'와, 여기 이 꽃이 피어 있네.' 하는 작은 발견.

같은 길을 걸어도 꽃을 못 보고 지나친 사람도 있고, 나 역시 그 꽃이 거기 있는 줄 몰랐던 때가 있었다. 지금은 그곳에 그 꽃이 핀다는 사실을 안다. 그 꽃을 알아보는 나를, 지금 내가 만나고 있는 것이다.

008

오감체조

더 잘 보기 위해, 눈동자를 상하좌우로 굴려보자.
냄새를 잘 맡기 위해, 코를 킁킁대보자.
잘 듣기 위해, 귀를 쫑긋 해보고 손으로 잡고 늘렸다 오므렸다 한다.
늘 사용하는 감각기관들도 조금 더 주의를 기울여 사용하면 전과 다름을 느낄 것이다.

009

눈 감고 소리 세어보기

가만히 눈을 감고 숲에서 들려오는 소리를 세어본다.

가장 가까운 데서 나는 소리는?
가장 큰 소리는?
그중에 동물의 소리도 있나?
새소리는 몇 가지나 되지?

가만히 멈춰 서서 듣기에 집중하면 안 들리던 소리까지 들린다. 내가 눈치 채지 못한 사이에 이렇게 많은 소리가 주변에서 울려 퍼지고 있었다. 우리는 수많은 소리 속에서 살아가고 있다.

흙 만지기

숲에 들어서면 도심에서는 잘 볼 수 없던 흙을 만난다. 아스팔트가 깔린 곳을 벗어나 흙길이 나타나면 발바닥으로 그 다름을 느끼며 걸어보라.
부드러운 흙이 있는 곳에 쭈그리고 앉아 손으로 흙을 한 움큼 쥐어본다. 코에 가까이 대고 냄새도 맡는다. '어머니 대지'의 향기를 느낄 수 있다.
그리고 흙 한 줌에 얼마나 많은 생명이 살고 있을지 상상해본다. 혹자는 흙 한 자밤(엄지와 검지로 잡을 수 있는 양)에 우주가 들어 있다고 말했다. 우리 눈엔 보이지 않지만 그 안에 수억 마리의 미생물이 살고 있기 때문이다.

맨발로 걷기

걷다가 흙이 몹시 부드럽거나 이끼가 많은 곳을 만나면 신발을 벗고 맨발로 밟아본다. 1미터가 안 되는 짧은 거리라도 괜찮다. 맨발로 온전히 세상을 밟고 걷는 체험을 한다.

거친 자연으로부터 발을 보호하기 위해 신발이 생겼다. 더 안락하게 걷기 위해 굽을 만들고 튼튼한 등산화까지 생겨서 우린 발바닥으로 땅을 밟는 감각을 잃어버렸다. 등산화 없이 산을 오르던 시절에는 오래 걸으면 발바닥이 아팠지만 땅을 더 잘 느낄 수 있었다. 그 전에 짚신을 신었을 때는 훨씬 잘 느꼈을 것이다.

맨발로 걷는 것도 일종의 원시 체험이다. 태초에 사람들이 맨발로 자연을 밟았던 첫 느낌을 가져보자. 타임머신을 타지 않아도 과거로 돌아가는 것이, 숲에서는 언제든 가능하다.

햇볕 쬐기

그늘에 서 있다가 햇빛이 비추는 곳으로 걸어 나오면 따사로움을 느낄 수 있다. 추운 날 해가 뜨면 세상이 따뜻해지고 나도 따뜻해진다. 이럴 때 나도 모르게 '고맙다'는 말이 튀어나온다.
해가 있어서 세상의 만물은 살아갈 수 있다. 태양이 떠오르지 않는다면 지구의 모든 생명체는 죽을 것이다. 아침에 눈 뜨며 오늘도 태양이 떠오른 것에 감사해야 하는 이유다.

나무 그림자 그리기

주변이 트인 곳에서 커다란 나무 한 그루를 발견하면 바닥에 생긴 나뭇가지 그림자 중 하나를 골라 표시해둔다. 그리고 10분 정도 기다리거나 다른 곳에 갔다가 와서 확인한다. 그새 그림자가 많이 이동했을 것이다.

그림자는 생각보다 빨리 움직인다. 그림자가 움직이는 것은 태양의 위치가 달라졌기 때문인데 이는 곧 지구가 자전을 하는 증거다. 태양의 위치 변화로 우리는 지구의 자전을 알 수 있다. 이 하나가 우주의 질서고 리듬이며, 이런 리듬이 깨진다면 지구 생태계도 끝날 것이다.

가장 편한 자리 찾기

숲에 들어서면 왠지 마음이 가장 편안해지는 자리가 있다. 그곳에 가만히 앉아서 10분 이상 눈을 감고 있어보자. 돗자리를 준비해도 좋고 그냥 바닥에 앉아도 된다. 누워도 좋다. 마음을 편안히 가지면 어느 순간 내가 자연과 하나 됨을 느낄 수 있다. 이 기분만으로도 숲에 들어온 이유는 충분하다.

하늘 보며 걷기

손거울을 하나 준비한다. 없다면 스마트폰도 가능하다. 거울이 위를 향하게 해서 코에 갖다 댄다. 그리고 눈으로는 거울을 본다. 거울이 위쪽을 비추기 때문에 내 눈에는 하늘이 보일 것이다. 그 상태로 숲속을 걷는다.

큰 나무들이 가지를 마구 뻗어 나뭇잎 틈새로 하늘빛이 살짝살짝 비치는 그런 숲이면 최고의 장면을 얻을 수 있다. 위를 보며 걷자면 조금 어지러움도 느끼겠지만 환상적인 경험을 할 수 있다. 마치 내가 숲을 헤치고 하늘로 걸어 오르는 것만 같다.

늘 걷던 길이어도 거울 하나로 완전히 다른 느낌을 가질 수 있다. 세상 일이 다 그렇다. 조금 다르게 생각하는 것만으로도 다른 세상이 된다.

넓고 평평하며 낭떠러지가 없는 길에서 해야 한다.
좁은 길이라면 반드시 동료의 안내를 받으며 걷도록 한다.

계곡물에 발 담그기

큰 산에는 큰 계곡이 있다. 작은 산이라면 작은 계곡이 있을 것이다. 웬만한 산에는 물이 흐른다.

너무 추운 날이 아니라면 계곡물에 발을 담가보자. 시원함이 발끝에서 머리끝까지 전해진다. 냉장고와 에어컨이 없던 시절에는 이 물이 제일 시원했을 것이다. 그래서 여름이면 다들 계곡을 찾았을 것이다. 계곡 물에 발을 담그고 가만히 눈을 감고 앉아서 자연과 하나 되는 느낌을 가져보자.

숲에서 I

나무와 친해지기

숲에 들어섰다면 이제 숲속 친구들과 친해져야 한다.
숲을 이루는 가장 기본적인 요소는 나무다.
'이래도 될까? 좀 수줍은데….' 싶은 스킨십 놀이를 통해
나무와의 대화를 시도해보자.

숲속 수호신 만들기

숲놀이를 시작하기에 앞서 조금 두려움이 드는가? 평소 익숙하지 않던 공간이라면 그럴 수 있다. 이럴 때 좋은 방법이 있다.
숲에 들어설 때 가장 먼저 눈에 띈 자연물을 나만의 마스코트로 삼는다. 숲에서 다치지 않고 즐겁게 지내다 올 수 있도록 그 친구에게 부탁을 한다. 다 내려와서는 친구에게 감사하고 다시 보자는 인사를 하고 집으로 간다. 숲이 친구의 집처럼 편안하게 느껴질 것이다.

나무 껴안기

숲에서 수많은 나무 중에 유독 내 눈에 들어오는 나무가 있다. 그 순간 어쩌면 나무가 내게 신호를 보내는 건지도 모른다. 이럴 땐 망설이지 말고 다가가 교감을 해보자. 가장 좋은 방법은 스킨십이다. 가볍게 손바닥으로 나무껍질을 어루만지거나 두 팔로 껴안아본다.

그러면서 나무의 특징을 살핀다. 줄기는 구불구불한지 우람한지, 표면은 거친지 부드러운지, 사람으로 치면 이 나무는 어떤 성격일까 짐작해본다. 그러면서 자연스레 떠오르는 이름을 지어준다. 세상의 수많은 나무들에게도 자기 이름이 있을 것이다. 하지만 우리는 알 수 없으니까 애칭을 지어서 불러주자.

나무와 대화하기

친구 나무에게 궁금한 이야기를 묻거나 나의 고민거리를 털어놓고 나무의 이야기를 듣는다. 나무의 말이 들릴 수도 있고 들리지 않을 수도 있다. 어쩌면 그 순간 내 머릿속에 그냥 떠오른 말일 수도 있다.

하지만 그런 순간에 떠오른 생각이 꼭 내 생각이라고 할 수 있을까? 아무래도 좋다. 잠시 내 이야기를 나무에게 들려주며 스스로도 다시 생각할 시간을 가져보는 것에 의미가 있다.

나무에 매달리기

숲에서 큰 나무를 만나면 왠지 더 반갑다. 굵기가 한 아름이 넘는 나무를 만나면 온몸으로 끌어안아보자. '잘 자라줘서 고맙다, 고생했다, 기특하다'고 칭찬을 해주자. 나뭇가지가 튼튼하고 손으로 편하게 잡을 만한 데가 있다면 철봉에 매달리듯 매달려보자. 그런 가지가 없다면 그냥 나무줄기를 끌어안은 자세로 매달려도 된다. 친구와 누가 더 오래 매달려 있는지 시합해본다.

나무에 매달려서 무슨 생각을하면 좋을까?

나무를 잘 타는 청설모나 딱따구리를 떠올려보자. 여름이라면 나무줄기에 매달려서 우는 매미를 생각해보자. 아니면 나무를 기어오르며 자라는 덩굴나무의 덩굴손이 되어볼 수도 있다. 나무와 스킨십을 하며 친밀감을 쌓는 것도 좋지만 생태적 상상력으로 자연의 다른 존재가 되어보면 그 대상을 좀 더 잘 이해하게 된다.

나무껍질에 긁혀 다칠 수도 있으므로
꼭 긴팔 옷을 입어야 한다.

나무 오르기

나무가 굵고 그다지 높지 않다면 한번 타고 올라가보자. 인간은 원래 나무를 잘 타는 동물이었다. 나무에 오르며 잊고 있었던 원시적 감각을 깨워보자. 나무를 탈 때 나무껍질이 손바닥에, 허벅지에, 장단지에 와 닿는 단단한 느낌에 집중해보자. 잘못하면 피부가 긁힐 수 있으니 조심해야 한다.

나무에 오를 때는 나무 냄새를 맡는다. 좀 더 올라가면 가지가 가늘어지면서 많이 흔들릴 것이다. 어느 정도까지 올라야 할지는 누구보다 내가 제일 잘 안다. 나무가 부러지지 않을 정도까지, 내가 무서워지기 시작할 때까지, 딱 거기까지.

사람들이 처음엔 겁이 나서 나무를 잘 못 타지만 자주 시도하다 보면 이전보다 높은 곳에 오를 수 있게 된다. 나무 타기는 성취감도 있어서 좋다.

나무 그늘에서 쉬기

나무에 그늘이 생기는 이유는 당연히 많은 나뭇잎이 돋아나 햇빛을 가리기 때문이다. 나무는 햇빛을 받아 광합성을 하기 위해 잎을 만든다. 햇빛을 최대한 효율적으로 받기 위해 가능하면 많은 잎을 만들어 빈 공간이 생기지 않도록 한다.

그늘이 큰 나무는 그만큼 햇빛을 많이 먹고 있다는 뜻이다. 비가 올 때 이런 나무 아래로 피하면 한동안은 비를 맞지 않을 수 있다.

나무와 춤추기

바람 부는 날에는 나무를 껴안고 가만히 눈을 감고 있어 보자. 줄기가 너무 굵은 나무나 키가 작은 나무는 피한다. 키가 크고 한 줄기로 잘 뻗어 자란 나무, 예를 들어 잎갈나무나 은사시나무 같은 것이 좋다. 바람 세기와 나무 위치에 따라 다르겠지만 조건이 잘 맞으면 바람에 흔들리는 나무와 블루스를 추는 기분을 느낄 수 있다.

나무 냄새 맡기

나무 가까이에 코를 대고 냄새를 맡아본다. 특히 소나무 종류를 만나면 송진이 흐르는 곳을 찾아서 냄새를 맡아보자. 그리고 손끝을 살짝 대본다. 송진 때문에 끈적끈적할 것이다.
송진은 천연 풀로 사용하기 좋다. 나뭇잎을 한 장 주워서 거기에 나무에게 하고 싶은 말을 쓰고 송진 위에 붙이면 '나무에게 쓴 편지'가 된다.

나무 흉내 내며 사진 찍기

우리는 종종 멋진 나무 옆에 서서 사진을 찍는다. 이왕이면 그 나무를 흉내 내며 찍어보면 어떨까?
키가 큰 나무라면 손을 위로 쭉 올리고, 가지가 풍성한 나무라면 팔을 활짝 벌리고…. 나무 흉내를 내다 보면 그 나무가 자라는 모양과 살아온 세월을 생각해볼 수 있다.

026

낙엽 밟기

숲을 이루는 구성 요소 중에 낙엽도 있다. 발밑의 바스락 소리에 귀 기울이며 발바닥으로 그 감촉을 느끼면서 걸어보자.
싱싱했던 초록 잎이 낙엽으로 변하기까지의 시간을 생각하면서 밟아본다. 나뭇잎은 푸를 때는 열심히 광합성을 해서 양분을 만들고 갈색으로 마른 뒤에는 나무의 발밑에서 썩어가며 거름이 된다. 내가 밟으면 낙엽이 부서져 거름이 되는 날이 더 빨라질 것이다. 나무의 시간을 앞당기는 데 내가 한몫을 하는 셈이다.

새순 먹어보기

이 세상의 맛있는 음식은 엄마의 수와 같다는 글을 읽은 적이 있다. 많은 사람이 어릴 적부터 먹던 집맛에 길들여져 그것이 제일 맛있다고 느낀다는 뜻이다. 아마 애벌레들도 그럴 것이다. 한번 본 맛을 기억해 그것을 다시 찾아서 먹고, 살을 찌우고, 자라고, 옷을 갈아입어 성충이 되고…. 애벌레들은 당연히 맛을 알 것이다. 그렇지 않다면 자신에게 맞는 식물을 찾아낼 수 없을 테니까. 봄날에 숲길을 걷다가 찔레 순이나 머루 순, 어린 괭이밥 등을 만나면 잎을 하나씩 따서 먹어보자. 마치 내가 애벌레가 된 것 같은 기분, 혹은 아주 먼 과거에 우리 조상이 하나씩 맛보면서 배웠을 자연을 나도 경험하는 기분이 들 것이다.

열매 먹어보기

나무 열매는 익으면 대개 단맛이 난다. 단맛을 내는 열매는 크기도 큰 편인데, 주로 덩치가 큰 포유류가 단맛을 좋아하기 때문이다. 포유류는 다른 동물들보다 두뇌 용량이 크다. 신체 부위 중 뇌가 가장 많은 에너지를 사용하기 때문에 고효율 음식을 먹어야 하는데 그게 단맛이다. 수액이 그렇고 벌꿀이 그렇다. 열매들도 잘 익으면 아주 달달하다.

많은 동물 중에 단맛을 가장 좋아하는 건 아마도 인간일지 모른다. 사람들은 산에 가면 으레 잘 익은 나무 열매를 따먹는다. 잘 익은 버찌를 입에 넣고 오물오물하다가 씨만 톡하고 뱉어서 멀리 보낸다. 그러고 보면 인간도 곤충이나 새처럼 씨앗을 멀리 보내는 매개자 역할을 한다.

숲에서 버찌, 산딸기, 머루, 다래, 으름, 돌배, 감 등의 열매를 만나면 하나씩 따서 먹어보자. 이런 체험을 통해서도 우리가 자연의 일부라는 것을 확인할 수 있다.

꽃차 만들어 마시기

꽃차를 제대로 만들려면 꽃을 따서 덖고 말리는 긴 과정이 필요하다. 하지만 간단하게는 즉석요리처럼 만들어 마실 수도 있다. 숲에 갈 때 보온병에 따뜻한 물을 담아 가서 향이 좋은 꽃을 만나면 한두 송이를 따서 컵에 넣고 찻물을 따른다. 그리고 잠깐 앉아서 주변 경치를 감상하며 내가 아주 멋진 자연의 한 장면 속에 들어가 있음을 만끽한다. 잠시 후 꽃향기가 은은하게 퍼지면 차를 마신다.

꽃이 아니라도 좋다. 열매나 잎으로도 해보자.

숲에서 II

숲속 친구들 찾기

조금 천천히 걸으며 주의 깊게 바라보면
평소 보지 못하던 것들이 보이기 시작한다.
그냥 보는 것이 아니라 주의를 기울여서 보는 것을
'관찰'이라고 한다.
관찰은 새로운 사실을 알게 한다.
관찰을 통해 어제와 다른 내가 될 수 있다.
천천히 걸으며 새로운 숲속 친구들을 발견하고
그들과 자연스럽게 친해지자.

싹이 난 도토리 찾기

씨앗에서 제일 먼저 나오는 것은 잎일까, 줄기일까, 뿌리일까? 정답은 뿌리다. 뿌리가 먼저 나와서 땅속을 파고들어가 물과 양분을 빨아들여야 이후에 잎도 줄기도 꽃도 나올 수 있다. 봄이 되면 대부분의 식물이 새싹을 낸다. 봄비가 한 번 오면 부쩍 많은 싹이 나온다. 땅에서 바로 올라오는 싹, 나무줄기 끝 겨울눈에서 나오는 싹, 그리고 씨앗을 뚫고 나오는 싹들.

우리나라는 참나무가 참 많다. 웬만한 산에 가면 참나무 열매인 도토리를 쉽게 찾을 수 있다. 바닥에 떨어진 도토리 중에 싹이 난 것이 있는지 찾아본다. 그 도토리가 숲의 미래다.

생일나무 찾기

나무의 생일은 언제일까? 꽃이 피었을 때일까, 열매가 만들어진 때일까? 사람에 비유하면 꽃이 피는 것은 어른이 되었다는 증거고 열매는 임신을 한 것에 해당한다. 그러니 생일이라고 말하긴 어려울 것 같다. 사람처럼 세상에 처음 태어난 날로 비유하자면 씨앗에서 엄마나무의 어릴 적 모습을 닮은 새싹을 낼 때가 나무의 생일이 아닐까?

풀과 달리 나무는 땅에서 첫 싹을 틔울 때뿐 아니라 매년 가지 끝에 매달린 겨울눈에서 새싹을 틔운다. 위치는 달라도 싹 내는 시점은 비슷할 테니 겨울눈에 싹이 나는 날을 생일로 보면 될 것 같다. 그렇다면 지금 내 주변에서 막 싹을 낸 나무가 있나 찾아보자. 그런 나무를 발견했다면 오늘이 그 나무의 생일이라고 축하해준다. 아마도 나무들의 생일은 봄에 많이 몰려 있겠다.

청설모가 먹다 남긴 솔방울 찾기

숲을 걷다 보면 솔방울을 많이 보게 된다. 그런데 조금 특이하게 생긴 것을 볼 때가 있다. 꼭 새우튀김처럼 생긴, 누가 먹고 나서 뼈다귀만 버린 것 같은 솔방울. 이는 실제로 청설모가 그 안에 든 솔씨만 빼먹고 버린 것이다. 우리가 숲에서 청설모를 직접 보기는 쉽지 않지만 이런 흔적을 통해 청설모가 살고 있음을 짐작할 수 있다. 이것이 관찰의 역할이다. 평소에 봐온 정보들을 종합해 눈에 보이진 않지만 분명히 숲에서 일어나고 있을 일들을 짐작하고 유추할 수 있다.

자연은 아주 느리게 움직이거나 우리가 안 보일 때도 움직인다. 관찰을 통해 그런 변화를 알아채는 재미가 쏠쏠하다. 마치 동화 속 헨젤과 그레텔이 숲속에 떨어뜨린 빵가루를 쫓아가듯이, '너 이 정도는 알아야 나랑 친해질 수 있어.'라고 자연이 남겨놓은 것 같은 실마리들이 있다. 그것을 찾아낼 때마다 좀 더 자연에 가까워지는 느낌이다.

지렁이 똥 찾기

흙이 있다면 어디든 지렁이가 산다. 사람들은 잘 모른다. 땅속 안은 그다지 궁금해하지 않으니까.

숲 바닥에 몽글몽글 뭉쳐진 흙덩어리가 지렁이 똥이다. 세상을 이롭게 하는 똥, 숲을 키우는 똥. 지렁이는 땅속으로 구멍을 내고 다니면서 흙 속에 공기층을 만들고, 낙엽이나 흙 등을 먹고 분변토를 싸서 자신이 지나간 자리를 더 건강한 흙으로 바꾸어 놓는다.

건강한 흙이 있는 곳에서 당연히 건강한 식물이 자란다. 걷다가 화단 한 구석에서 몽글몽글한 지렁이 똥을 발견하거든 '이곳은 지렁이가 있어 땅이 건강하겠구나.'라고 알아봐주자.

새 깃털 찾기

관심을 갖고 찾아보면 새 깃털도 어디서나 볼 수 있다. 수많은 새들이 일 년에 한 번은 깃털을 갈기 때문에 어느 숲에서나 흔하게 발견할 수 있다.
깃털은 새들이 하늘을 날 수 있게 하는 중요한 기관 중 하나다. 새의 종류별로, 혹은 같은 새라도 몸의 부위마다 깃털 모양이 다르다. 자연 속을 걷다가 깃털을 하나 발견하거든 '이것은 누구의 것일까. 어느 부위에서 빠진 걸까?' 생각해보자. 깃털을 사진으로 찍거나 집으로 가져와 어떤 새의 것인지 알아봐도 좋을 것이다.

향기 나는 잎 찾기

나는 산책을 할 때 손끝으로 나뭇잎을 건드리며 걷곤 하는데 어느 순간 손끝에서 강한 향기가 퍼질 때가 있다. 손으로 문지르면 향이 더 강해지는 잎들이 있기 때문이다. 생강나무, 산초나무, 가래나무, 호두나무 등이 그렇다. 그밖에도 웬만한 잎은 모두 향기가 난다. 향기 나는 식물을 '허브'라 하고 사람에게 이로운 식물의 향기를 '아로마'라 부르는데, 사실은 들판에 흔하게 널린 쑥도 허브고 아로마다.

숲에서 만나는 풀과 나무들의 잎을 하나하나 만지고 향기를 맡으면서 걷다 보면 마치 코로 산책하는 기분이 든다. 포유류는 원래 다른 동물에 비해 후각이 예민해 '코동물'이라고 불렸다. 숲에서 제대로 코동물이 되어보자. 코로 하는 산책, 재밌지 않은가?

애벌레가 만든 작품 찾기

간혹 나무나 풀에서 구멍 난 잎을 발견할 때가 있다. 곤충 애벌레와 식물이 싸운 흔적이다. 식물은 자신의 몸을 갉아먹는 애벌레를 막아야 하지만 그 많은 애벌레를 다 막을 수는 없다. 어쩔 수 없이 일부는 애벌레에게 갉아 먹히고 만다.

결과적으로 애벌레는 그 잎을 먹고 자라니 나뭇잎이 애벌레를 키웠다고도 말할 수 있다. 태양에너지가 나뭇잎에게로, 그 잎을 먹고사는 애벌레에게로, 다시 애벌레를 잡아먹는 새들에게로 이동한다. 세상의 생로병사는 결국 에너지의 이동이다.

애벌레가 갉아먹은 나뭇잎의 모양은 그 자체로 멋진 자연 작품이다. 잘 찾아보면 하트 모양도 있고, 애벌레 모양도 있고, 네 발 달린 동물 모양도 있고, 문자처럼 보이는 것도 있다.

Z
Z
Z

가장 큰 잎과
가장 작은 잎 찾기

주변에서 잎이 가장 크고 넓은 나무를 찾아본다. 잎이 가장 작은 나무는 무엇인지도 찾는다.

넓은 잎을 가진 나무와 작은 잎을 가진 나무 중에 이파리 숫자는 어느 쪽이 더 많은지도 세어본다. 잎이 많아서 다 세긴 어렵지만 눈대중으로 금방 알 수 있을 것이다. 잎이 크면 광합성을 위해 너무 많은 개수가 필요하지 않기 때문에 작은 잎 쪽이 훨씬 숫자가 많다. 그래서 두 나무의 총 광합성 양을 계산하면 큰 차이가 나지 않는다.

038

가장 큰 열매와 가장 작은 열매 찾기

숲에서 우리가 볼 수 있는 열매 중에 가장 큰 열매는 무엇인지 찾아보자. 반대로 가장 작은 열매는 무엇일까?

생명체의 가장 중요한 본능은 스스로 살아남는 생존 본능이고, 다음은 그 생명이 후대로 이어지길 바라는 의미의 자손 번식일 것이다. 식물에게 자손은 씨앗이다. 식물은 건강한 열매를 만들고 그 안에 건강한 씨앗을 담아서 멀리 좋은 곳으로 보내며 후대를 기약한다. 그런 큰 목표에 맞춰 열매의 크기와 모양이 결정된다. 큰 열매에는 내용물(씨앗)이 많이 담기지만 멀리 이동하긴 어렵다. 작은 열매는 내용물이 적어서 저장성이나 생존율이 높지 않지만 더 멀리 다양한 곳으로 퍼져갈 수 있다. 식물들은 저마다 오랜 시간 지구에 적응하고 진화하면서 자신에게 가장 적합한 열매의 크기와 모양을 만들어냈을 것이다.

가장 큰 나무와 가장 작은 나무 찾기

지구상에서 키가 가장 큰 생물은 나무다. 키가 제일 큰 동물인 기린도 5~6미터 정도인데 나무는 100미터가 넘는 것도 있다. 물론 작은 나무도 있다. 그리고 모든 나무가 어릴 때는 작다.

조그만 씨앗에서 수십 미터나 되는 나무로 성장하는 것을 생각하면 놀라울 뿐이다. 보통 우리는 이렇게 말한다. "지금 시작은 미약하지만 꿈은 크게 가져라."라고. 현재를 씨앗에 비유하고 미래를 나무에 비유한 말이다. 하지만 씨앗이 튼실하지 않다면, 어린 나무가 천적들에게 심한 공격을 당했다면, 그렇게 큰 나무로 성장할 수 없다. 매일 매일이 중요하다.

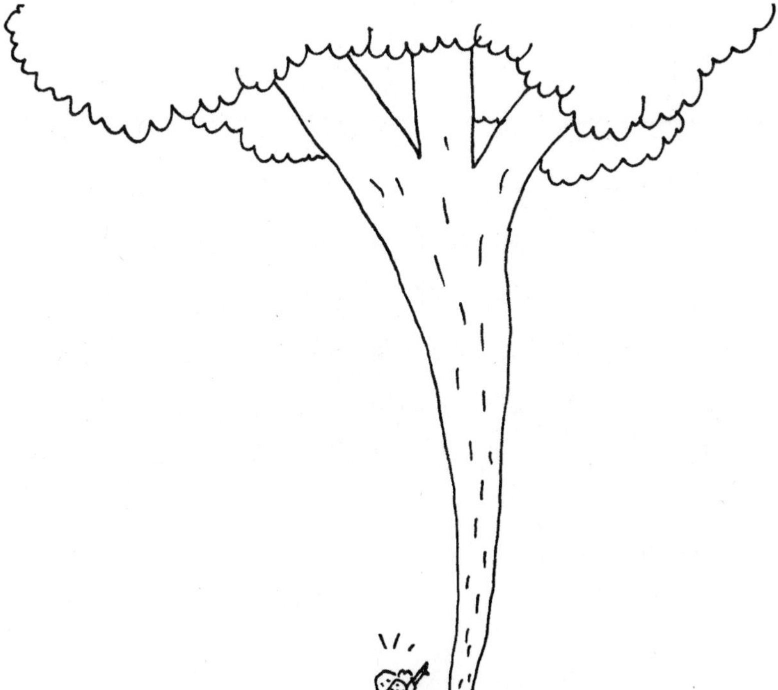

벌집 찾기

설탕을 만들기 전에 사람들은 단맛을 무엇으로 채웠을까? 과일의 단맛이 그나마 구하기 쉬웠을 것이고 수액도 먹었을 것이다. 하지만 뭐니 뭐니 해도 최고는 꿀이 아니었을까?
수많은 꽃에서 따온 꿀을 모아두는 벌집은 정육각형의 작은 방들로 이루어져 있다. 사회성이 높은 벌은 집단을 이루어 일사천리로 벌집을 만들어 나가는데 이때 각 방의 모양과 크기가 균일해야 한다. 공간이 넓기로는 원형이 가장 좋지만 그러면 여러 개를 이어 붙이기 어렵다. 그래서 벌집의 방들은 정다각형이 되었다. 정다각형이면서 여러 개를 빈틈없이 잘 연결할 수 있는 도형은 정삼각형, 정사각형, 정육각형밖에 없고, 그중 원형에 가장 가까운 공간을 만들기 위해 정육각형을 선택했을 것이다.

매미 허물 찾기

여름이 오면 매미 소리가 들린다. 매미 소리가 시작될 무렵 공원에 나가보거나 숲에 가면 나무줄기나 풀줄기에 대롱대롱 매달려 있는 매미 허물을 발견할 수 있다.
매미는 생애의 대부분을 땅속에서 애벌레로 살다가 나무나 풀줄기를 타고 세상 밖으로 나와 곧바로 허물을 벗고 성충이 된다. 매미뿐 아니라 나비, 잠자리 등 많은 곤충이 허물을 벗고 날아올라 비로소 우리가 아는 모습이 된다. 매미는 번데기가 큰 데다 나무줄기에 말라붙은 형태가 분명하기 때문에 눈에 더욱 잘 띄는 것뿐이다.
《장자》에 오상아(吾喪我)라는 말이 있다. '나를 장사지낸다', 곧 나를 죽인다는 뜻이다. 무섭지만 과거의 나를 죽이지 않고는 새로운 내가 될 수 없다. 매미는 땅속 삶을 과감히 멈추고 하늘로 날아가고자 했다. 그래서 허물을 벗었다. 변하고 싶다고 말하면서 변하지 않고 부지런해지고 싶으면서 게으른 우리는 언제쯤 매미처럼 허물을 벗을 수 있을까?

새똥 찾기

모든 동물은 먹고 싼다. 흔하게 볼 수 있는 동물의 똥 흔적은 새똥이다. 새는 하늘을 날기 위해 최대한 몸무게를 줄인다. 뼛속도 비우고 머리 크기도 작다. 먹으면 금방 배설한다. 먹으면서 싸기도 하고 먹자마자 날아가면서도 싼다. 그렇게 떨어진 새똥 속의 씨앗이 싹을 틔워 풀로 나무로 자라기도 한다.

새가 심은 나무 찾기

'새가 나무를 심는다고? 식목일에 나무를 심지 않는 사람도 많은데?'

사실은 우리가 심는 식물보다 자연적으로 번식하는 것이 훨씬 많다. 그중에는 물론 동물이 심는 식물도 많다. 모든 식물의 씨앗이 새를 통해 번식하는 것은 아니지만 꽤 많은 식물이 새에게 신세를 진다. 새들은 주로 작고 붉은색 계열의 열매를 먹는다. 그런 열매를 맺는 식물이 숲속에 외따로이 심어진 것을 발견한다면 새가 날아가다 심은 나무라고 여겨도 좋다.

야생동물 발자국 찾기

모든 동물은 흔적을 남긴다. 먹이 흔적, 털 흔적, 잠자고 난 흔적 등 뭐든 남기게 되어 있다. 그중 가장 극적인 것이 발자국이다. 흔히 볼 수 있는 것은 새 발자국이고 포유류는 고라니, 멧돼지, 너구리 발자국 정도를 볼 수 있다. 숲에서 이런 발자국을 만나면 반갑다. 야생동물을 실물로 만나기가 쉽지 않은데 '이 동물이 여기도 사는구나.' 하고 짐작할 수 있기 때문이다.
우리 인간도 동물이다. 내가 걸어온 발자국을 한번 뒤돌아보자. 내 발자국만 남은 숲길은 왠지 쓸쓸하지 않은가? 인간의 발자국과 야생동물의 발자국이 함께 나 있는 숲길, 그래야 좀 멋질 것 같다.

발자국만으로 고양이과와 개과 동물을 구분할 수 있다.
고양이, 삵 등 고양이과에 속하는 동물은 땅에 찍힌 발자국에 발톱 자국이 없다.
평소 발톱을 안에 넣고 다니기 때문이다.
반면에 개, 너구리와 같은 개과 동물은 발자국에 발톱도 함께 찍힌다.

곤충 사체 찾기

모든 생명은 죽는다. 그런데 숲에서 멧돼지나 고라니, 까치 등의 사체를 발견하기는 거의 어렵고 주로 곤충 사체를 발견하게 된다. 그것도 개미들이 끌고 가는 모습을 볼 때가 많다.

곤충은 성충이 되어 짝짓기를 하고 알을 낳으면 금방 죽는다. 개체수도 많고 성충으로 사는 기간이 워낙 짧아서 사체를 자주 보게 된다. 꽃 주변을 웅웅거리며 활기차게 날아다니던 벌이 나뭇잎 위에 쭈그린 채 죽어 있는 것을 보면 기분이 묘하다. 하지만 세상 어떤 생명도 영원하지 않은 법. 생명이라면 죽음을 받아들여야 한다.

곤충 사체는 개미가 끌고 가 양분으로 쓰기도 하고, 다른 곤충이 파먹기도 하고, 버섯이나 균류가 붙어 분해하기도 한다. 결국은 모두 자연으로 다시 돌아간다.

로제트 식물 찾기

냉이나 민들레처럼 생긴 풀인데 겨울에도 죽지 않고 땅바닥에 붙어서 겨울을 나는 식물을 '로제트식물' 또는 '방석식물'이라고 한다. 이른 봄, 아직 날씨가 쌀쌀한데 땅바닥에 붙어서 자라고 있는 풀이 있다면 로제트식물이라고 보면 된다.

이들은 잎을 바닥에 착 펼쳐서 붙이는 특이한 디자인 전략으로 겨울 추위라는 시련을 이겨낸다. 그리고 봄이 오면 누구보다 일찍 꽃대를 올려 꽃을 피운다. 초봄에 관심을 갖고 살펴보면 이렇게 신기한 방식으로 살아가는 식물을 도심에서도 꽤 자주 발견할 수 있다.

이끼 찾기

이끼는 습기를 좋아해서 그늘 진 곳에 자란다. 빛이 잘 드는 곳에서는 살기 어렵다. 그래서 이끼가 나무줄기의 어느 쪽에 많이 발달했는지를 보고 동서남북을 알 수 있다고도 한다. 하지만 실제로는 그렇지 않다. 남향이어도 그늘진 곳이면 이끼가 생길 수 있고, 무엇보다 근처에 계곡이 있으면 방향과 무관하게 이끼가 많이 발달한다.

이끼를 발견하면 일단 한번 만져보고 맨발로도 감촉을 느껴보자. 이끼는 숲에 깔린 초록 양탄자다. 어떤 숲에나 이끼가 있는 게 아니다. 이끼는 습기가 많은 건강한 숲을 좋아하고 숲의 수분을 잘 관리하는 역할을 한다. 이끼가 있는 숲은 건조한 숲이라고 할 수 있다.

지의류 찾기

이끼와는 다른 지의류(地衣類)는 바위나 나무껍질에 얼룩처럼 생겨서 마치 색깔 옷을 입은 것처럼 보이는 생명체다. 조류와 균류의 공생체로, 보기엔 죽은 듯해도 죽지 않고 살아 있다는 점이 신기하다. 지의류는 특히 이산화황에 취약하고 도심에서는 살지 못해 '대기오염 지표종'으로 분류된다. 흔히 말하는 청정 지역에만 살기 때문에 지의류를 보았다면 그곳은 공기가 좋은 곳이라고 생각하면 된다.

버섯 찾기

동물도 식물도 아닌 버섯. 버섯은 참 다양하다. 일 년 내내 나무에 붙어 있는 것도 있고, 땅속에서 올라와 며칠 새 바로 시들어버리는 것도 있다.

생긴 모습만으로는 이름을 알기 어렵고, 그래서 먹을 수 있는 것과 먹을 수 없는 것을 구분하기도 어렵다. 숲에서 버섯처럼 생긴 것을 발견하면 그냥 버섯은 생각보다 종류가 많고 모양도 신기하고 예쁘며, 죽은 생물을 분해해 다시 흙으로 돌려보내는 역할을 하는 고마운 존재라고 생각하고 넘어가자.

벌레혹 찾기

나무를 관찰하다 보면 간혹 줄기나 가지에서 꽃도 잎도 열매도 아닌 것이 매달려 있는 것을 발견할 때가 있다. 요상하게 생긴 이것들은 대개 벌레혹이다.

벌레혹은 작은 곤충들이 알을 낳고 키우는 집이다. 곤충이 식물을 괴롭히면 식물이 참지 못하고 벌레혹을 만들어주고 곤충은 그 안에 알을 낳아 기른다. 곤충 애벌레들에겐 안전하게 먹이활동을 하며 자랄 수 있는 아주 소중한 공간이다.

'곤충의 괴롭힘에 나무도 참 힘들구나.' 싶겠지만 자연에서 그렇게 한쪽으로만 치우치는 일은 없다. 큰 틀에서는 그 벌레가 살아야 식물도 잘살 수 있는 공생의 원리가 숨어 있는 경우가 많다.

딱따구리 둥지 찾기

숲에서 죽은 나무에는 누군가 마구 쪼아댄 흔적이 있다. 딱따구리다. 딱따구리는 나무속에 사는 애벌레를 잡아먹는다. 나무가 썩으면 그 안에 곤충들이 알을 많이 낳는다. 즉, 딱따구리가 쪼아서 나무가 죽은 게 아니고 이미 죽은 나무에 애벌레가 많아서 딱따구리가 쪼아대는 것이다.

둥지는 또 다르다. 나무줄기에 동그랗게 구멍을 내는데, 하나만 있지 않고 보통은 두세 개가 함께 발견된다. 딱따구리 둥지를 보았다면 그곳은 분명히 딱따구리들이 거주하는 지역이다. 딱따구리가 좋아하는 애벌레가 많다는 뜻이며, 그러면 당연히 성충인 곤충도 많을 테니 다른 동식물도 다양하게 분포할 것이다. 즉, 딱따구리 둥지가 있는 숲은 꽤 안정된 숲이다.

숲에서 Ⅲ

숲에서 놀기

숲에는 놀이 도구가 널려 있다.
인체에 무해한 자연물들인 데다
층간소음도 쓰레기도 걱정할 염려가 없다.
자연을 이해하는 데는 교육보다 역시 놀이가 최고!
이 장은 등산이나 캠핑, 혹은 공원 산책을 가서
친구나 가족과 함께하는 여행지 놀이로
활용하기에도 아주 좋다.

나뭇가지 놀이

숲에는 나뭇가지가 많다. 나무 스스로 오래된 가지를 떨어뜨리기 때문이다. 숲 바닥에 널린 막대기를 주워서 놀아보자. 막대기 하면 칼싸움부터 떠오르고, 특히 아이들은 시키지 않아도 저절로 칼싸움을 시작한다. 그런 건 우리 본능 속에 있는 걸까?

하지만 칼싸움은 다칠 염려가 있으니 다른 놀이를 추천한다. 일명 '균형 잡기 놀이'. 손가락 하나에 막대기를 가로로 올려서 균형을 잡아보자. 막대기의 균형점을 찾았다면 그대로 다른 곳에도 올려보자. 나무 등걸, 난간, 바위 등 걸칠 수 있는 곳이면 어디든 좋다. 이 놀이는 균형감과 집중력을 길러준다. 혼자서 조용히 무언가에 집중해보는 순간도 좋지 않은가? 숲에서 다 놀고 돌아올 때까지 그대로 있는지도 확인해보자.

도토리 굴리기

숲길에는 도토리가 흔하다. 도토리 한 개를 주워 비탈길에서 떨어뜨려보자. 데구르르르… 어디까지 굴러갈까?
참나무는 땅바닥이 어떻게 생겼는지도 모르고 여기저기서 도토리를 무작위로 떨어뜨린다. 그중 몇 개는 좀 더 멀리까지 굴러가겠지. 우리 인생도 너무 명확한 목표를 정해놓고 거기로만 향해 달려갈 필요는 없다. 도토리가 땅을 모르고 구르듯, 우리 삶도 어느 정도는 그냥 흘러가는 대로 두는 게 좋지 않을까?

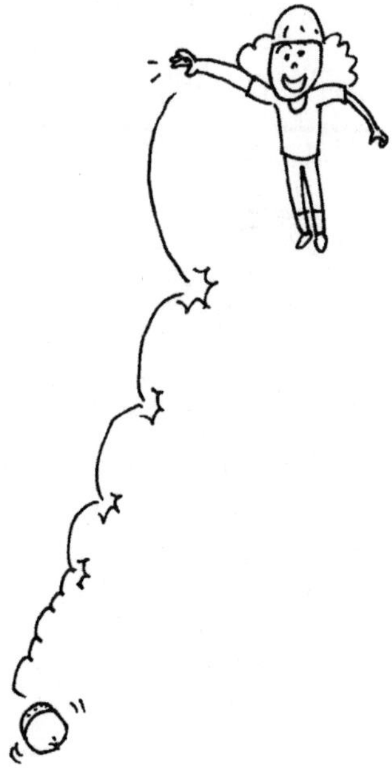

나무로 굿모닝

숲에서 나뭇가지를 주워서 길바닥이나 바위에 글씨나 그림을 새겨보자. 뒤에 오는 사람들이 발견하고 미소 지을 수 있도록 '굿모닝'이라고 쓰거나 '즐거운 하루'라고 쓰거나, 행복한 기분을 마음껏 표현해보자.

굿모닝

자연물로 내 얼굴 그리기

사람들은 뭔가 그리라고 하면 얼굴부터 그린다. 미술의 시작은 나에서부터다. 자연물로 내 얼굴을 그려보자.
막대기를 모아서 땅바닥에 그려도 좋고, 도토리나 솔방울 등의 열매를 이용해도 좋다. 자연에서 할 수 있는 가벼운 미술활동이지만, 가만히 집중해서 나의 이목구비를 생각하며 그리다 보면 잊고 있던 자신의 내면도 들여다보게 된다.

내 얼굴을 다 그렸다면 가족이나 친구의 얼굴도 그려보자.
종이에 풀로 붙여 자연물 그림 작품을 만들어도 좋다.

꽃잎으로 그리기

꽃이 피었을 때는 아름답다가 지고 나면 허무하기도 하고 왠지 쓸쓸하다. 그러나 서운해 할 것 없다. 꽃이 지는 것은 꽃으로서의 할 일을 마쳤기 때문이다. 자기 역할을 다하고 떠나는 모습은 얼마나 아름다운가. 그래도 바닥에 떨어진 꽃잎들이 애처로워 보인다면 그것을 모아 모자이크하듯 작품을 만들어보자.

손등에 물을 묻히거나 핸드크림을 살짝 바른 후 꽃잎을 붙이면 잘 안 떨어진다. 꽃잎 여러 장을 이용해 마치 페이스페인팅을 하듯 얼굴에 붙여도 좋다.

숲속 액자 만들기

적당한 길이의 나뭇가지 4개를 줍는다. 주변을 두리번거리며 내 눈에 멋져 보이는 것을 찾는다. 올해 나온 새싹, 청설모가 먹고 버린 솔방울, 고라니 똥, 노란 민들레꽃 등등… 무엇이라도 좋다. 가장 인상적인 것을 고른 다음 주변에 나뭇가지를 놓아 액자를 만든다. 다 되었으면 나뭇잎 한 장을 주워 작품의 제목도 적어보면 좋다.

나무껍질이 그린 그림

껍질이 얼룩덜룩한 나무를 볼 때가 있다. 대표적인 것이 플라타너스라고 부르는 양버즘나무다. 언뜻 보면 나무가 마치 군복을 입은 것 같다. 버즘나무, 모과나무, 백송, 노각나무 등이 비슷한데 이런 껍질은 벗겨질 때도 조각조각 모양을 내면서 떨어진다. 한편 소나무나 느티나무처럼 나무껍질이 기하학적인 모양으로 벗겨지는 것도 있다.

숲에서 독특한 나무를 만나면 그것이 무슨 종인지 이름을 찾고 공부하려 들기 전에 그 특성을 충분히 관찰하고 즐기면 좋겠다. 나무껍질이 독특한 나무를 만나면 그 모양이 무엇을 닮았는지 생각해보자. 예술가 중에는 어린 시절에 이런 연상놀이를 아주 좋아했던 사람이 많다.

무엇이든 연상놀이

멀리 보이는 산의 모습, 바위의 모양, 나무의 전체적인 형상이 무엇을 닮았나? 땅바닥에 떨어진 자연물도 무언가 닮은 게 있는지 찾아보자. 하나씩 주워 친구와 연상 퀴즈를 주고받으며 걸어도 좋다.

연상놀이를 할 때 사람들이 제일 많이 떠올리는 것은 '사람'이다. 사람이니까 당연한가? 하지만 다른 종류로도 상상력을 넓혀보자. 동물을 닮은 돌멩이, 하이힐 모양으로 구멍이 난 잎 등등. 주변을 둘러보면 의외로 무언가 닮은 자연물이 많다.

나 닮은 자연물 찾기

자연물 중에 나를 닮은 것이 있을까? 눈 코 입을 그대로 닮은 것이 아니라 나의 성격이나 기질, 가치관을 연결 지어 설명할 수 있는 자연물을 찾아보자. 그러자면 먼저 나 자신을 들여다봐야 한다. '나다운 점' '나다운 모습'은 무엇일까? 자연에서 그런 시간을 갖는 것만으로도 좋은 기회다.

061

나는 돌처럼
단단한 마음을 가졌어.

소나무 껍질로 배 만들기

소나무 껍질은 겹겹이 포개놓은 듯 생겼다. 스스로 하나씩 떨어지기도 하고 손으로 조금만 건드려도 잘 떨어진다. 주변에서 작은 나뭇가지를 하나 골라 소나무 껍질에 구멍을 내듯 빙글빙글 돌려가며 꽂는다. 그리고 나뭇잎 하나를 주워 막대기에 돛처럼 꿴다. 이렇게만 해도 배 모양이 된다. 계곡이 있다면 나만의 배를 띄워보자.

배를 띄울 때 내 소망도 싣고,
좋지 않은 기억들도 실어서 멀리 보낸다.

죽은 나무 두드려보기

숲에는 쓰러져 있는 나무가 많다. 죽은 지 몇 년이 지난 나무들은 줄기가 바싹 마르고 속이 텅텅 비어 있다. 그런 나무를 발견하면 튼튼한 나뭇가지를 하나 주워서 두드려보라. 두드리는 위치에 따라 소리가 조금씩 달라진다. 인간이 만든 최초의 악기는 이렇게 단순한 형태였을 것이다.

나만의 악기 만들기

자연물을 이용해 나만의 악기를 만들어보자. 거창하게 생각할 것 없다. 그냥 길가에 있는 돌멩이나 솔방울, 나뭇가지 등 아무 것이나 집어서 소리를 내본다. 두드려도 보고 문질러도 보면서 어떤 소리가 나는지 본다. 맘에 드는 것을 발견하면 내 악기로 정하고 이름을 지어준다.

내 악기로 연주를 하며 노래도 한 곡 불러보자. 친구들과 함께라면 각자 다양한 악기를 만들어 합주를 해보자. 마침 매미가 울어준다면 매미와 함께하는 오케스트라가 될 것이다.

풀피리 불기

풀피리 불기는 쉽지 않다. 그런데 그냥 자연물을 두드리는 것과 달리 풀피리 소리는 뚜렷해서 귀에 더 자극적이다. 조금 익숙해지면 음도 다르게 낼 수 있고 연주도 가능하다. 처음엔 그냥 가볍게 '삐~~' 소리만 내도 성공이다.

넓은 잎이라면 잎 양쪽을 잡아 입술에 대고 진동이 생기게 분다. 그러면 소리가 날 것이다. 외떡잎식물의 길쭉한 잎은 소리 내기가 더 어렵다. 먼저 양손을 엄지만 펴고 주먹 쥐어 붙인다. 엄지와 엄지 사이에 길쭉한 잎을 넣고 입으로 불면서 엄지 사이 공간에서 잎이 진동하게 만든다. 성공하면 '삐~' 소리가 난다.

처음엔 소리가 안 나더라도 숲을 걸으며 계속 연습해보라. 어느 순간 소리가 터지면 쾌감이 클 것이다. 마치 어릴 적 휘파람을 처음 불었을 때와 같다.

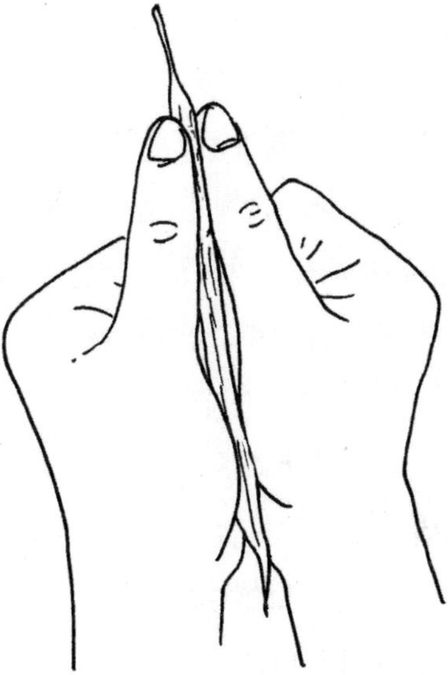

나뭇잎 가면 만들기

숲에 가면 꽤 큰 나뭇잎을 발견할 수 있다. 보통은 우리 손바닥 크기보다 작은 정도인데 참나무 중에서도 떡갈나무는 잎이 꽤 크다. 일본목련 잎은 더욱 크다. 오동나무를 만나면 '이렇게 큰 나뭇잎도 있었나?' 할 정도로 크다. 우리 얼굴보다도 크다.

풀 중에도 큰 잎이 있다. 연잎이나 토란잎은 어릴 적에 모자나 우산 대신 사용하기도 했다. 이렇게 큰 잎을 발견하면 가면을 만들어보자. 눈구멍 두 개를 뚫고 막대를 하나 잘라서 바느질하듯 잎을 가로로 한 땀 꿰고, 입으로 그 막대기를 물면 가면이 안 떨어진다.

좀 귀찮으면 그냥 구멍만 내고 손으로 잡고 있어도 된다. 가면이 있으면 즉흥적인 연극 활동도 할 수 있고 다른 눈으로 숲을 볼 수 있어서 좋다. 무엇보다 나뭇잎을 내 볼에 대보는 경험을 해서 좋다. 언제 또 볼에 잎을 대보겠나?

솔방울 구슬치기

솔방울을 주워서 몇 미터 앞에 동그라미를 그리고 던져 넣기를 한다. 처음엔 잘 안 들어갈 것이다. 몇 번 연습해보고, 성공하면 뒤돌아서도 해보자.

소나무는 자기 씨앗을 떠나보낼 때 그것이 어디로 갈지 생각하지 않는다. 언제 익어서 언제 바람에 날아갈지 그리고 어디로 갈지 계산하지 않는다. 그냥 자연의 섭리에 맡길 뿐이다. 그러니 씨앗들이 여행을 떠나서 새 생명을 틔울 확률은 아주 낮다. 그런 어려운 확률을 뚫고서 지금 우리 눈앞에 소나무 한 그루가 서 있는 것이다.

솔방울 소원 빌기

솔방울로 할 수 있는 놀이가 더 있다. 주변에서 가지가 Y자로 뻗은 나무를 찾는다. 나무에서 10미터쯤 떨어진 곳에서 솔방울을 던져 Y자 사이로 통과시킨다. 그냥 던지기만 하지 말고 소원을 한 가지씩 생각하며 던진다. Y자 사이 넣기에 성공하면 소원이 이뤄질 것이라는 기대감을 갖고 하자. 왠지 열심히, 계속, 하게 될 것이다.

다음날 어깨가 뻐근할지도 모른다. 그런데 요즘 그렇게 힘껏 몸을 써서 운동해본 적이 있나? 그러니 꼭 해보자.

도토리 제기 차기

떡갈나무 잎처럼 넓고 힘 있는 나뭇잎을 하나 찾아서 그 위에 도토리를 올리고 튕기는 놀이를 해보자. 발로 제기를 차듯 손으로 도토리 차기 놀이를 하는 것이다.

도토리를 안 떨어뜨리고 여러 번 튕기려면 동일한 방향, 동일한 힘으로 꾸준히 움직여줘야 한다. 고도의 집중력이 요구되며, 하다 보면 중독성이 있다.

돌탑 쌓기

"바윗돌 깨뜨려 돌덩이, 돌덩이 깨뜨려 자갈돌~."

이렇게 부르는 동요가 있다.

흙의 출발점은 돌이다. 돌은 바위에서 나온다. 우리가 선 지구는 흙으로 덮인 표면 아래에 단단한 바위가 숨어 있다. 수많은 돌덩이들을 만들어낸 엄마 바위, 그래서 '모암'이라고 부른다. 모암에서 떨어져 나온 작은 바위들이 수많은 세월을 거쳐 우리 눈앞에서 굴러다니는 돌로 변했다.

돌탑 쌓기를 할 재료를 고르며 돌의 단단한 물성을 느껴보자.

돌탑을 쌓기 전에 소원을 빈다.
소원 하나에 돌 하나. 소원의 수만큼 돌을 쌓으며
누가 더 높이 쌓았는지 내기해보자.
돌탑 쌓기는 집중력 강화에 도움을 준다.

땅 밟지 않고 걷기

숲 바닥에는 이런저런 자연물이 널려 있다. 흙을 밟지 않고 돌멩이나 쓰러진 나무, 나뭇가지, 그루터기 등을 골라 밟으며 걸어보자. 생각보다 쉽지 않을 것이다.

우리는 흙을 밟지 않고는 살 수 없다. 지구상의 동물 중에 땅에 신세지지 않고 사는 것이 별로 없다고 한다. 늘 땅을 밟고 있으니 소중함을 잘 모른다.

고마운 땅.

눈 감고 걷기

직선으로 된 넓은 길이 나오면 약 20미터 앞에 목표점을 두고 눈을 감고 똑바로 걸어보자. 생각보다 잘 안 된다. 왜 그럴까? 우리 걸음걸이가 균형에 맞지 않아서다. 평소 어느 한 쪽의 보폭이 더 넓거나 각도가 조금 벌어진 채로 걷기 때문에 앞을 보지 않고 걸으면 똑바로 나아가기 어렵다. 깊은 숲속에서 길을 잃으면 한 자리를 빙빙 돌게 되는것도 그런 이유에서다. 비슷한 풍경이 이어지는 숲속에서는 마치 눈을 감고 걷는 것과 같은 효과를 내기 때문이다.

평소에 우리는 눈을 뜨고 있지만 마치 눈을 감은 듯 살고 있지는 않은가 돌아보자. 감성과 이성, 자연과학과 인문학, 도시의 균형적 발달 등 거창한 주제는 아니라도 일과 휴식, 개인과 가족 등 삶에서 꼭 챙겨야 하는 것들에 대해 균형감을 잃고 있지는 않은지 나 자신을 점검해보자.

까치집 만들기

까치가 나무 위에 집을 짓듯 작은 나뭇가지들을 모아 새집을 만들어보자. 형태는 단순해도 생각보다 짓기 어렵다는 걸 알게 된다. 까치는 둥지 하나를 짓는 데 2000개에 가까운 나뭇가지를 사용한다고 한다. 그만큼 많이 날아서 재료를 옮겼다는 뜻이다. 알을 낳고 새끼를 잘 길러내기 위해 까치 부모는 그렇게나 열심이다.

자연에서 관찰되는 동물들의 삶도 우리 인간들만큼이나 힘든 순간이 많다. 우리는 자연을 관찰하며 삶의 영감을 얻을 뿐 아니라 겸손함과 지혜도 배워야 한다.

눈으로 조각하기

눈이 오면 눈사람을 만들고 싶다. 그런데 많은 눈을 뭉쳐서 굴리자면 시간이 많이 걸린다. 이럴 때 자연물을 활용하면 더 간단하다. 눈이 쌓인 나무줄기에 눈코입만 만들어 붙이거나 동물 모양을 만들거나, 아니면 흙으로 하듯 눈송이를 뭉쳐 부조 작품을 만들 수도 있다.

구멍 난 잎으로 사진 찍기

애벌레가 갉아먹은 나뭇잎을 이용해 멋진 사진을 만들어보자. 이파리의 구멍에 휴대폰 카메라를 가까이 대고 그 너머에 있는 친구 사진을 찍는다. 나뭇잎 구멍이 마치 사진틀처럼 나와 사진에 개성을 더할 것이다.

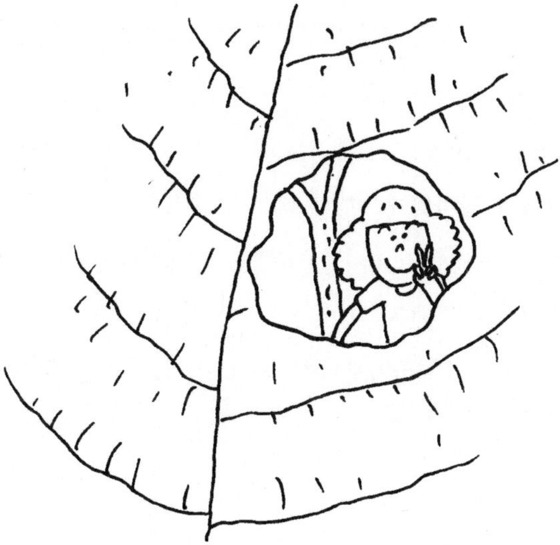

달팽이처럼 걷기

숲에서 만난 동물이나 식물을 흉내 내보는 것은 특별한 체험이다. 흉내는 다른 존재를 이해하는 출발점이기도 하다.

나뭇잎에 앉아 있는 달팽이(또는 애벌레)를 관찰하고 그 행동을 따라해보자. 달팽이는 어디를 가든 건너뛰는 법이 없다. 모든 길을 제 배로 밀면서 나아간다. 우리는 배를 밀면서 걷기는 어려우니 최대한 천천히 땅바닥에서 발을 떼지 않고 걸어보자. 쓰러진 나무를 만나면 손으로 이 놀이를 해본다. 손을 대고 천천히 달팽이처럼 나무를 타고 넘는다.

느리게 움직이면서 달팽이에 대한 이해도 생기고, 조금이나마 마음이 편안해짐을 느낄 것이다.

물 그림 그리기

비가 온 다음날 숲길을 걷다가 빗물이 고인 작은 웅덩이를 발견한다면, 주변에 있는 나뭇잎들을 주워 웅덩이 주변을 동그랗게 장식해보자. 그러면 자연 거울이 완성된다.
이제 고인 물을 손가락으로 찍어서 마른 돌 위에 그림을 그려본다. 잘못 그렸어도 지울 필요가 없다. 햇빛에 금방 마를 테니까.

나뭇잎 탁본 뜨기

나뭇잎 탁본은 주로 나뭇잎 위에 얇은 종이를 올리고 색연필로 색칠하듯 그으면서 뜬다. 아니면 나뭇잎 표면에 아크릴물감을 바르고 그 위에 천을 대고 눌러서 뜬다.
숲에서는 준비물이 간단할수록 좋으니 너무 두껍지 않은 종이를 한 장만 준비해서 간다. 나뭇잎은 잎맥이 뚜렷한 것을 고른다. 보통 앞면보다 뒷면의 잎맥이 뚜렷하니 잎의 뒷면을 펼쳐놓고 그 위에 종이를 올린다.
이제 무엇으로 탁본을 뜰까? 가까이에 있는 나뭇잎을 한 장 따서 그것을 크레파스 삼아 종이에 문지른다. 밑에 깔린 나뭇잎의 무늬가 선명하게 드러날 것이다. 색칠용으로 사용하는 잎은 풀잎이나 꽃잎보다 나뭇잎이 더 좋다.

나뭇잎 색깔이 다양한 가을에 하면 더 다양한 색깔의 탁본을 뜰 수 있다.
단풍잎이 만들어내는 다양한 색감에 놀라게 될 것이다.

나무껍질 탁본 뜨기

나무껍질 탁본은 안 해본 사람이 많을 것이다. 이것도 어렵지 않다. 도화지에 크레파스나 파스텔로, 혹은 그냥 4B연필로 하면 된다. 나무마다 껍질 무늬가 다양하고 질감도 다르다. 여럿이 함께 할 경우 각자 탁본을 뜬 뒤에 어떤 나무의 껍질인지 알아맞히기 놀이를 해도 재밌다.

탁본을 너무 정교하게 뜨지 않아도 된다. 즐겁게 놀듯이 하면서 '나무껍질이 이런 촉감이구나.' 하는 발견, 그리고 '나무마다 다 다르구나.' 하는 다양성에 눈뜨게 되면 그것으로 족하다.

색깔 띠 만들기

모든 색은 자연에서 나왔다고 할 수 있다. 우리가 일상에서 사용할 물건들을 고를 때 '예쁘다'고 판단하는 기준은 오랫동안 자연물을 보면서 길러온 색감에서 비롯되었다.

가을이 되면 나뭇잎들이 여러 색으로 물든다. 물드는 것도 일시에 진행되지 않고 서서히 조금씩 물들어간다. 그런 잎들을 따다가 낙엽 색상표를 만들어보자. 먼저 녹색 잎을 한 장 놓고 30센티미터쯤 떨어진 곳에 노란색 잎을 놓는다. 그 사이를 다른 색 잎들로 채우며 그러데이션을 만든다. 자연에서 다양한 색깔의 잎 찾기는 생각보다 쉽고, 완성하면 멋지다.

다음엔 한 단계 난이도를 높여서, 네 가지 색을 놓고 사이 공간을 채우며 원을 만들어보자. 네 가지 색은 녹색, 노란색, 빨간색, 갈색 등으로 정한다. 사이 색깔을 채우기가 더 어렵겠지만 동그랗게 색깔 고리가 만들어지면 아주 멋지다.

잎들이 흩어져 있을 때는 잘 몰랐지만 모아놓으면 정말 예쁘다.
그 잎이 그 자리에 놓일 때 더욱 예쁘다는 것도 알게 된다.
사람도 저마다 더 아름다운 자리가 있을 것이다.

나도 디자이너

옷은 처음에는 추위를 피하거나 몸에 상처가 나는 것을 방지할 용도로 만들어졌지만 지금은 자신을 꾸미고 남에게 잘 보이기 위한 목적이 더 크다. 자연물을 이용해 멋진 옷을 디자인해 보자. 몸에 걸칠 수 있게 만들려면 준비물이 많이 필요하므로 숲에서는 간단히 해본다.

종이를 한 장 준비해서 중앙에 옷 모양을 그린 다음 그 부분만 오려낸다. 집에서 이런 종이 패턴을 만들어 가도 좋다. 숲 바닥에 종이를 펼쳐놓고 오려낸 옷 모양 안에 자연물을 얹으며 디자인한다. 꽃, 이파리, 이끼, 나무껍질 등 가능한 한 다양한 재료를 놓아보고 가장 마음에 드는 디자인으로 완성한다. 재밌게 놀다 보면 자연은 그 자체로 멋진 디자인이라는 사실을 깨닫게 된다.

숲에서 IV

숲 탐구생활

숲을 좀 더 오래, 여러 날 가서 보는 습관을 들이자.
찰나의 이미지로 자연의 아름다움과 신비함을 느낄 수도 있지만
숲에 자주 다니며 사진, 글, 그림 등으로 변화를 기록하면서 보면
좀 더 깊이 있는 생태 지식을 쌓을 수 있다.

나무의 심장 소리 듣기

나무는 물을 끌어올려야 살 수 있다. 물관은 끊임없이 물을 빨아올려 잎까지 보내고, 잎은 사용 후 남은 물들을 밖으로 내보낸다. 이렇게 나무의 온몸을 통과해 물이 순환한다. 나무줄기 가까이 귀를 대고 소리를 들어보자. '꾸르륵~' 하고 좁은 관으로 물이 흘러가는 소리가 날 것이다. 마치 나무의 심장 소리를 듣는 것 같다.

소리를 잘 들으려면 껍질이 얇은 나무를 고르는 게 좋다. 주변에 흔한 나무 중에서는 단풍나무가 제격이다. 소리를 더 잘 듣기 위해 청진기를 대보는 사람도 있지만 그냥 귀로도 들을 수 있다. 귀를 나무껍질에 바짝 대고 눈을 감고 집중해서 들어본다. 몇 초 간격으로 꾸르륵 소리가 이어질 것이다. 주변 소음이 차단된 곳에서 조용히 들어야 한다.

나무의 건강 체크하기

우리는 몸이 아픈 것을 직접 느끼거나 병원에서 진찰을 받아 알게 된다. 나무들은 어떻게 알까? 나무는 통점이 없어서 고통을 느끼지는 않겠지만 자가 진단 및 치유 시스템을 갖고 있다. 가지치기를 하고 나면 주변에서 새 가지가 나오거나 상처 부위에 새살이 돋는 것이 그 증거다.

내가 나무의사라면 나무의 건강검진은 어떻게 하는 게 좋을까? 먼저 나무의 구석구석을 관찰해 상처가 있는지 살펴본다. 동파, 피소(볕데기), 바람이나 벼락에 의한 상처, 사람이 잘라낸 상처, 딱따구리나 초식동물이 만든 상처 등…. 상처가 있으면 일단 건강에 안 좋다.

상처 외에도 나무가 아픈지 알아보는 방법이 있다. 썩은 부위가 있는지, 나무에 버섯이 붙어서 자라는지, 애벌레가 잎을 많이 갉아먹었는지, 진딧물이 많이 붙어 있은지, 뿌리부에서 뻗어 나온 맹아지는 없는지, 줄기에서 바로 돋아난 잎은 없는지, 잎의 개수가 많은지 적은지, 잎이 건강한지 시들고 있는지 등등…. 부위별로 꼼꼼히 살피며 나무의 건강 정도를 체크할 수 있다.

새살 고리 찾기

가지치기를 한 나무는 스스로 상처를 치유한다. 잘려진 부위를 둘러싼 껍질 안쪽에서 껍질보다 밝은 색 새살이 나와 천천히 상처 부위를 덮는다. 그 과정에 동그란 도넛 같은 모양의 띠가 생기는데 그것을 '새살 고리'라고 한다.

깊은 숲속보다는 공원이나 길가, 사람이 많이 다니는 동네 뒷산에서 새살 고리가 있는 나무를 발견하기 쉽다. 걷다가 그런 나무를 발견하거든 '지금 상처를 치유하고 있구나.' 생각하며 어루만져준다. 그리고 나는 내 상처를 잘 치유하며 사는지 생각해본다.

새살 고리는 침엽수보다 활엽수에 더 잘 생긴다.
침엽수는 송진으로 상처를 치유하기 때문에
새살 고리가 덜 발달하는 것 같다.

죽은 나무 찾기

수령이 오래되었거나 상처가 너무 커서, 혹은 자연재해나 간벌 등을 이유로 나무는 죽는다. 죽어가는 나무가 아니라 이미 죽은 나무를 숲에서는 많이 볼 수 있다. 걸으면서 몇 그루의 죽은 나무를 보았는지, 죽은 나무는 얼마나 컸는지 기록해보자.
나무에게 죽음은 끝이 아니다. 죽은 나무에 버섯이 살고 이끼가 살고 곤충이 살고… 그렇게 서서히 시간이 흐르며 나무의 몸은 모두 분해되어 흙으로 돌아간다. 숲에 큰 그늘을 드리우던 나무 한 그루가 사라지면 그 밑에서 때를 기다리던 작은 풀과 나무들이 햇빛을 받아 마구 돋아난다. 죽은 나무는 다른 생명체에게 살아갈 양분을 제공하고 숲에서 또 다른 생명이 시작될 수 있도록 돕는 역할을 한다.

나무의 나이 세기

숲에서 만난 나무의 나이가 궁금할 때가 있다. 나보다 나이가 많은지 어린지…. 나무의 나이를 계산하는 방법은 다음과 같다.

1. 잘려진 나무라면 나이테를 센다. 한 칸이 한 살이다.
2. 소나무, 잣나무 등의 침엽수라면 돌려난 가지의 층수를 센다. 한 해에 한 마디씩 자라기 때문에 쉽게 셀 수 있다.
3. 줄기의 굵기로 대략 짐작한다. 센티미터로 잰 직경이 나이와 비슷하다. (예: 직경 30센티이면 30살)

086

나무의 시간 헤아리기

주변에 보이는 나무들의 나이를 생각하며 걸어보자. 저마다 나이가 다를 것이다.
나무들의 나이를 대략 짐작해서 줄기에 포스트잇을 붙여 몇 년생인지 적어본다. 내가 태어난 때, 처음 학교에 갔을 때, 대학에 입학했을 때… 그때그때 숲에는 어떤 나무가 있었고 없었는지 생각해본다. 숲에서 나이가 가장 많은 나무도 찾아본다. 그 나무가 대략 몇 살일지 가늠해보고, 그렇다면 이 숲에서 처음 자라게 된 해는 몇 년도인지, 나와는 몇 살 차이인지 생각해본다.
오래된 숲에는 보통 나보다 나이가 많은 형이나 삼촌, 할아버지뻘의 나무들이 있고, 어린 숲이라면 어린 나무가 많을 것이다. 다양한 연령대의 나무가 골고루 어우러져 자라는 숲이 건강한 숲이다.

50살
20살
1살

내 나이테 만들기

나무의 나이테가 아니라 내 인생의 나이테를 그림으로 그려보자. 나는 언제 가장 많이 자랐고 언제 조금 자랐나?
실제로 몸집이 자란 것만 생각하지 말고 내 인생의 희로애락을 연대별로 돌아보면서 그린다. 나는 언제 가장 즐거웠고 언제 힘들었는지, 몸이 아팠던 시절은 언제였는지 등을 감안해 나이테로 나의 인생을 표현해보자.

즐거움 나이테

꽃 색깔 조사하기

꽃들은 저마다 다른 모양과 색깔을 갖고 있다. 왜 그런 모양인지는 정확히 알 수 없다. 하지만 세상에 이유 없는 디자인은 없는 법. 주변에 핀 꽃들을 관찰하며 그 생각을 해보자.
예를 들어 이른 봄엔 노란 꽃이 많이 보인다. 아직 쌀쌀한 날씨에 에너지를 많이 쓰지 않고 만들어낼 수 있는 색깔이 초록 계통인데, 녹색은 잎과 구분이 잘 안 되기 때문에 노란색 꽃을 피운다고 알려져 있다. 이른 여름엔 흰색 꽃이 많다. 녹음이 짙어지면서 어두워지는 숲속에서 눈에 잘 띄려면 밝은 색이 유리할 것이다. 한여름엔 주황색, 자주색 등 붉은색 계통의 강렬한 꽃이 많다. 경쟁이 치열한 계절이다 보니 형태도 크고 강렬한 것이다. 가을엔 보라색 꽃이 눈에 종종 띈다. 단풍으로 물들어가는 자연 속에서 조금 다른 색을 뽐내기 위함일까?
물론 어디까지나 다 추측이다. 계절적 요인 외에 곤충이나 새가 좋아하는 색깔이라서, 혹은 다른 주변 환경의 영향을 받아서 모양이 결정된 꽃들도 있을 것이다. 관찰을 통해 상상력을 맘껏 펼쳐보자. 사실은 주변에 핀 꽃들이 얼마나 다양한 모습을 하고 있는지에 관심을 두는 것만으로도 의미가 있다.

다른 나뭇잎 모으기

주변에 떨어져 있는 나뭇잎을 가능하면 많이 주워 온다. 손수건을 깔고 그 위에 다르게 생긴 잎들만 하나씩 골라 올려놓는다. 나무 이름은 몰라도 된다. 잎 모양만 보고도 같은 나무에서 나왔다는 것을 알 수 있다.

내가 활동하는 공간에 얼마나 다양한 나무가 사는지, 그리고 그 나무들은 어떻게 주변에 적응해 살아가기에 저마다 다른 디자인을 하고 있는지 생각해본다. 나뭇잎을 최대한 많이 모아서 분류하면 숲에 사는 나무의 종수도 대략 파악할 수 있다.

자연의 달력

봄은 언제부터일까? 3월 1일부터 봄일까? 달력이 있기는 하지만 정확히 언제부터 '봄이다, 여름이다'라고 말하기 어렵다. 지구는 태양 주위를 조금씩 돌면서 매일 정확히 하루만큼의 변화가 생긴다. 365분의 1만큼의 변화를 정확히 4로 나누어 계절을 구분하는 게 쉽지도, 꼭 맞지도 않다.

어차피 정확히 정해지지 않은 계절이니 자연을 접하며 자기만의 감각을 가져보는 것도 좋다. 나는 남산을 산책하다가 귀룽나무에 잎이 돋아나면 봄이 왔다고 느낀다. 다른 사람은 또 다른 것을 보고 봄을 느낄 것이다. 저마다 감각이 다르다.

옛날 사람들은 농사를 잘 짓기 위해 계절의 변화를 알아야 했다. 지금처럼 달력이 없었으므로 자연이 주는 신호를 눈치 채고 농사를 지었다. '철들었다'는 말의 철이 바로 계절이다. 철부지는 철을 모르는 사람이다. 현대인은 무엇에 바빠서인지 계절의 변화도 잘 모르고 산다. 적어도 자연의 변화를 눈치 채는 데는 철부지, 즉 어린아이인 셈이다.

숲의 일 년 기록하기

식물을 공부하려는 사람들에게 여러 군데를 가기보다는 한 곳을 정해놓고 자주 가보라고 권한다. 그러면 그 장소에서 자라는 식물을 자주 보며 변화를 지켜보게 된다.

자연을 감상하는 것도 비슷하다. 한 곳을 정해 여러 번 가는 게 좋다. 어제는 보이지 않던 꽃이 보이고, 나무 새싹은 하루가 다르게 쑥쑥 자라고 늘어나며, 비가 오면 없던 계곡이 나타나기도 한다. 자연은 그렇게 변화무쌍하다. 같은 곳을 매일 가도 다른 것을 보여준다.

노트를 한 권 준비해서 산책할 때마다 새로 관찰한 것을 메모해 보자. 그러면 어느덧 숲의 일 년을 기록하게 될 것이다. 시간이 오래 걸리는 작업이지만 아주 의미 있는 자료가 된다.

발바닥 테두리 그리기

막대기를 하나 주워서 한 쪽 발바닥의 테두리를 그려보자. 발을 떼면 내 발바닥 크기가 남을 것이다. 그 밑에 우리가 상상하기 어려울 만큼 많은 생물이 산다. 도대체 얼마나 많은 생명이 살고 있을까?

흙의 건강도와 여러 조건에 따라 차이는 있겠지만 땅속에는 지렁이, 진드기, 톡토기, 지네 등의 꼬물꼬물한 동물들을 비롯해 눈에 잘 띄지 않는 곤충의 알, 식물의 씨앗, 다양한 균류, 박테리아 등이 산다. 우리 눈에 보이지는 않지만 흙에 사는 미소생물들은 낙엽이나 죽은 동물의 사체를 분해해 건강한 흙을 만들어내는 주인공들이다.

숲에서 혼자라고 외롭다 하지 말자. 내 발밑에는 나를 떠받쳐주는 수많은 생명체가 있으니까.

솔방울 물에 담그기

잘 마른 솔방울을 발견했다면 한 가지 실험을 해보자. 솔방울을 계곡에 가져가서 떠내려가지 않을 곳에 던져놓는다. 그곳에 서서 솔방울이 서서히 변하는 모습을 지켜보거나 잠시 주변을 산책하고 돌아와서 본다. 분명히 꽃처럼 활짝 피어 있던 솔방울이 입을 꼭 다물고 있을 것이다.

솔방울은 익지 않았을 때는 푸르스름한 빛을 띠며 수분을 많이 머금고 있다. 시간이 지나며 씨앗이 충분히 익으면 솔방울이 건조해져 갈색으로 변하고 여러 장으로 된 비늘 같은 부분들이 벌어진다. 이때 바람이 한 자락 불어오면 비늘 틈에서 솔씨들이 삐져나와 훌훌 하늘로 날아간다. 솔씨가 충분히 여물지 않았거나 자연조건이 안 좋을 때 날아가면 안 되기 때문에, 솔방울의 안과 밖이 수분을 만나거나 건조한 정도에 따라서 비늘 부분이 오므라들고 벌어지는 정도가 달라지는 것이다.

솔방울 습도계 만들기
마른 솔방울을 몇 개 주워서 깨끗이 씻어 물에 담가둔다.
물에서 뺀 솔방울을 바구니에 담아 방에 두면 천천히 수분이 증발하면서 솔방울이 벌어지고 일정한 실내 습도를 유지해준다.

매미 허물의 높이 체크하기

숲에서 매미 허물을 찾아보면 저마다 매달려 있는 나무도 다르고 높이도 다르다. 매미가 허물을 벗고 우화하는 시간이 제각각 다르기 때문이다.

매미들도 자기 등껍질이 갈라질 시간을 정확히는 모를 것이다. 애벌레 상태로 땅에서 나와 나무줄기의 너무 낮은 곳에 멈추면 우화를 다 마치지 못하고 개미들에게 먹힐 수 있다. 너무 높거나 사방이 노출된 곳에 멈춘다면 새에게 먹힐 수 있다. 결국 매미에게 우화하기 좋은 위치란 따로 없다. 운이 좋아야 한다.

자연에서 살아남는다는 것은 어쩌면 다 우연의 산물일지 모른다. 우리 인생도 그렇지 않을까? 너무 빡빡하게 계획대로만 살려고 하지 말자. 어차피 인생, 운칠기삼(運七技三)이다!

돋보기로 관찰하기

아주 작은 것은 육안으로 보기보다 돋보기로 보면 좋다. 우리 눈으로는 볼 수 없던 '마이크로' 세상을 들여다보며 그동안 몰랐던 모습을 알게 된다. 완전히 새로운 세계가 펼쳐지는 것이다.

애벌레 눈으로 세상 보기

애벌레는 잎을 갉아먹으며 자신이 만든 구멍을 통해 세상도 보았을 것이다. 구멍 난 잎을 통해 건너편 풍경을 바라보면 어떤 느낌이 들까?

예쁘게 구멍 난 잎을 하나 따서 눈에 가져다 대고 세상을 보자. 뭔가 집중이 되면서 좀 더 잘 보일 것이다. 큰 잎을 말아서 망원경처럼 만들어 들여다봐도 좋고, 그냥 손으로 동그랗게 손 망원경을 만들어서 봐도 좋다. 종이를 동그랗게 말거나 휴지 심을 준비해서 봐도 좋다. 동그란 프레임이 사물을 더욱 집중해서 보게 할 것이다.

올해 자란
나뭇가지 길이 재기

매년 조금씩 자라는 나무.
올 한 해 동안 자란 길이도 알 수 있을까?
물론 알 수 있다. 올해 새로 나와서 자란 가지는 색깔이 다르다. 나뭇가지는 보통 갈색이라고 생각하지만 올해 자란 가지는 주로 녹색을 띤다. 목질을 형성하는 리그닌이 아직 발달하지 않은 상태라 녹색인 것이다. 녹색을 띤다는 것은 곧 광합성을 한다는 의미다. 나무는 잎뿐만 아니라 어린 줄기에서도 광합성을 한다. 나무는 주로 봄에 자라고 일부 나무들은 여름에도 자란다. 그러니 여름이 끝나갈 무렵에 재면 그해 자란 나무의 길이를 알 수 있다. 그런데 어떤 나무는 한 해에 한 번만 자라고 어떤 나무는 한 해에 두 번 이상 자라기도 한다. 한 해에 한 번 자라는 나무는 그해 자란 길이를 측정하기 쉽지만 두세 번씩 자란 나무는 그때그때 재지 않으면 정확히 알기 어렵다. 그래도 잘 보면 색깔에 차이가 나기 때문에 어느 정도는 짐작할 수 있을 것이다.

씨앗 날리기

모든 식물은 꽃이 있고 열매도 생긴다. 당연히 열매 안에 씨앗도 있다. 그중 바람을 타고 날아가는 것들이 있다. 예를 들어 민들레, 부들, 버즘나무, 버드나무 등은 씨앗에 솜털을 달고 날아간다. 단풍나무, 가죽나무, 소나무, 물푸레나무, 중국굴피나무는 씨앗에 날개가 달려 있다. 콩과식물인 아까시나무, 자귀나무는 씨앗을 담은 꼬투리가 납작해서 바람을 잘 타는 편이다.

이런 종류의 식물을 만나면 씨앗 날리기 실험을 해보자. 바람이 불 때 씨앗을 날려보면 생각보다 멀리 날아간다는 것을 알 수 있다. 단풍나무 씨앗은 프로펠러처럼 생겨서 스스로 회전하면서 날아간다. 그 모습을 보고 인간이 프로펠러를 발명했다는 얘기도 있다.

날아간다는 것은 신비한 일이다. 모든 사물은 중력에 이끌려 땅으로 떨어지는데 어떻게 떨어지지 않고 날 수 있을까? 중력에 반하는 이 움직임에 사람들은 옛날부터 큰 호기심을 느꼈을 것이다. 새도 곤충도 그리고 이렇게 바람을 타는 씨앗들도 사람들의 눈길을 사로잡았을 것이다. 그래서 주워서 날려보고 관찰하고 모방했을 것이다.

등나무 씨앗 찾기

날개가 있거나 솜털이 달린 씨앗들은 바람을 타고 꽤 멀리 이동한다. 그래서 나무나 풀이 난 자리 근처에서는 씨앗을 찾아보기 어렵다. 반대로 씨앗이 크면 바람을 타고 날기가 어려워 주변에서 쉽게 찾을 수 있다. 그런데 씨앗이 큰데도 꽤 멀리 날아가는 것이 있다. 대표적인 게 등나무다.

등나무 씨앗은 날개가 없다. 콩처럼 꼬투리 안에 씨앗이 담겨 있는데 이 꼬투리가 늦가을에 말라 뒤틀리면서 그 힘으로 씨앗을 튕겨낸다. 실제로 '펑' 하는 소리와 함께 꼬투리 안에 있던 원반형 씨앗들이 주변으로 흩어지는 것을 보았는데, 날아가는 거리가 멀게는 수 미터 이상 된다.

해시계 만들기

옛날 사람들은 시간이 가는 것을 어떻게 측정했을까? 지금은 널리 알려진 이 방법이 예전에는 대단한 발명이었다.

1. 막대기 하나를 구해서 세운다.
2. 주변에 원을 그린다.
3. 원을 24등분을 한다.
4. 눈금 한 개가 한 시간이다.

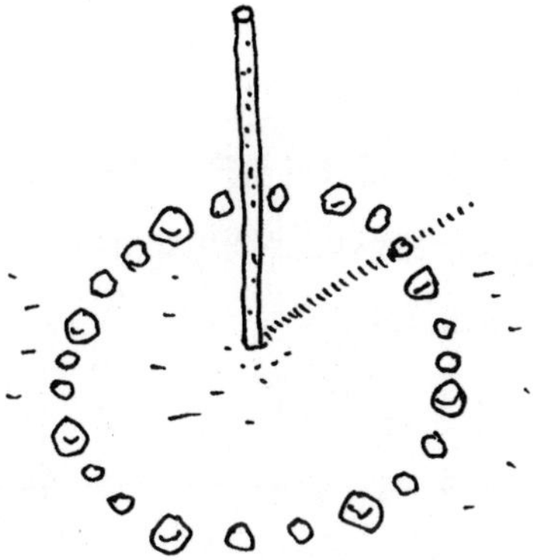

해 나침반 만들기

숲에서 동서남북을 찾아내는 방법.
해가 있을 때는 누구도 길을 잃지 않을 것이다.

1. 막대기 하나를 주워서 세운다.
2. 막대기 그림자의 끝 부분에 돌멩이를 하나 놓는다.
3. 5~10분이 지난 뒤, 이동한 그림자에서 막대 끝 부분에 돌멩이를 또 하나 놓는다.
4. 돌멩이 두 개를 선으로 잇는다.
5. 처음 돌멩이가 서쪽, 뒤에 놓은 돌멩이가 동쪽이다.
6. 직각으로 선을 하나 더 그리면 남과 북도 알 수 있다.

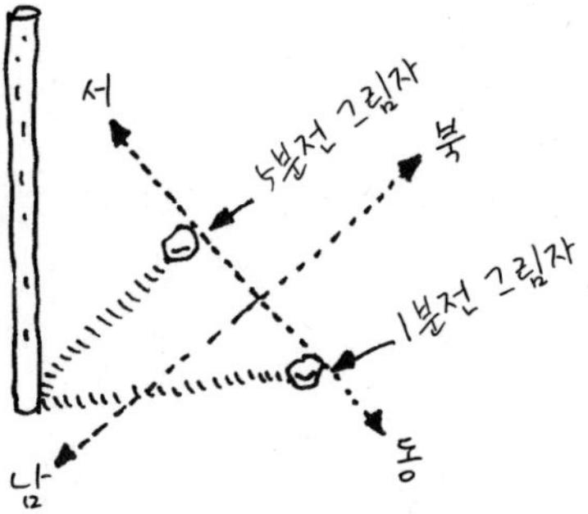
서
5분전 그림자
북
1분전 그림자
남
동

내 안의 자연인을 깨우는 법

어른들을 위한 숲놀이 책

초판 1쇄 발행 2018년 6월 30일

글·그림 황경택
펴낸이 박희선
디자인 디자인 잔
마케팅 김하늘

펴낸곳 도서출판 가지
출판등록 제25100-2013-000094호
주소 서울 서대문구 거북골로 154, 103-1001
전화 070-8959-1513
팩스 070-4332-1513
전자우편 kindsbook@naver.com
블로그 www.kindsbook.blog.me
페이스북 www.facebook.com/kindsbook

ISBN 979-11-86440-23-0 (03810)

이 도서의 국립중앙도서관 출판예정도서목록(CIP)은 서지정보유통지원시스템 홈페이지(http://seoji.nl.go.kr)와 국가자료공동목록시스템(http://www.nl.go.kr/kolisnet)에서 이용하실 수 있습니다.(CIP제어번호: CIP2018018198)

도서출판가지 출간 목록

1. 꽃바람 병수 씨	김병수 지음	15,000원
2. 목포의 내일을 걷다	김종익 지음	15,000원
3. 세계를 읽다 터키	아른 바이락타롤루 지음, 정해영 옮김	16,000원
4. 작은 차 예찬	박규철 지음	16,000원
5. 세계를 읽다 호주	일사 샤프 지음, 김은지 옮김	16,000원
6. 세계를 읽다 프랑스	샐리 애덤슨 테일러 지음, 정해영 옮김	16,000원
7. 에콜로지스트 가이드 푸드	앤드류 웨이슬리 지음, 최윤희 옮김	13,500원
8. 에콜로지스트 가이드 패션	루스 스타일스 지음, 정수진 옮김	13,500원
9. 세계를 읽다 이탈리아	레이먼드 플라워, 알레산드로 팔라시 지음, 임영신 옮김	15,000원
10. 오늘은 빨간 열매를 주웠습니다	황경택 지음	16,000원
11. 세계를 읽다 핀란드	데보라 스왈로우 지음, 정해영 옮김	15,000원
12. 섬:살이	김준 지음	16,000원
13. 세계를 읽다 독일	리처드 로드 지음, 박선주 옮김	15,000원
14. 세계를 읽다 인도	기탄잘리 콜라나드 지음, 정해영 옮김	15,000원
15. 몸을 씁니다	플로랑스 비나이 지음, 박태신 옮김	13,500원
16. 꽃을 기다리다	황경택 지음	16,000원
17. 세계를 읽다	두바이리나 아셔 지음, 서소울 옮김	15,000원
18. 부산(여행자를 위한 도시인문학)	유승훈 지음	14,000원
19. 엄마, 나는 걸을게요	곽현 지음	14,000원
20. 겨울정원	김장훈 지음	17,000원
21. 인생은 간결하게	쥐디트 크릴랑	13,500원
22. 세계를 읽다 일본	라이나 옹	15,000원